WITHDRAWN

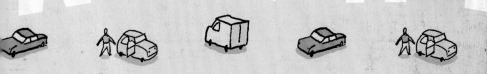

Para Juncal

Coordinación editorial: Mª Carmen Díaz-Villarejo
Diseño de colección: Gerardo Domínguez
Maquetación: Silvia Pasteris

© Del texto y las ilustraciones: Mikel Valverde, 2007
© Macmillan Iberia, S. A., 2007
   c/ Capitán Haya, 1 – planta 14. Edificio Eurocentro
   28020 Madrid (ESPAÑA). Teléfono: (+34) 91 524 94 20

www.macmillan-lij.es

Primera edición: septiembre, 2007
Segunda edición: marzo, 2008
Tercera edición: septiembre, 2009
Cuarta edición: septiembre, 2011

ISBN: 978-84-7942-140-3
Impreso en China / *Printed in China*

GRUPO MACMILLAN: www.grupomacmillan.com

Este libro pertenece a:

....

....

Mikel Valverde

Rita Gigante

MACMILLAN
Infantil y Juvenil

—¡Elixires, jarabes prodigiosos, para los trabajadores y para los ociosos! ¡Oiga, elaborados solo con productos naturales y basados en antiguas recetas orientales! –gritaba en su puesto el buhonero.

—¿Vamos a ver…?

—Ni hablar, ese hombre es un charlatán.

—¡Si usted es feo puede convertirse en un galán! ¡Y en el más hábil para dejar de ser un patán! Venga y pruebe nuestros productos, olvide la tristeza y los disgustos. ¡Todos sus problemas tendrán solución, ya sean pequeños como hormigas o grandes como un camión!

—Mujer, es solo por curiosidad...

—Ya sabes que no me gustan esas tonterías, y menos cuando los niños están delante. Son todavía muy pequeños y se las podrían creer.

—Pero yo no soy pequeña, mamá –protestó Rita.

—Claro que no, cariño –le respondió su madre con una sonrisa.

Y dicho esto la familia se alejó del puesto del charlatán. La madre de Rita siguió hablando con su marido, insistiendo en continuar su paseo entre los puestos.

Aquella soleada mañana de marzo había más tenderetes de lo habitual. Como cada primer sábado de mes, se había instalado un mercado en el centro de la ciudad. En él montaban sus puestos algunos comerciantes locales y otros de los alrededores o de lugares más lejanos que venían para la ocasión. Rita había ido allí con sus padres y su hermano, como siempre que hacía buen tiempo.

Era un mercado alegre y colorista en el que se podía encontrar todo tipo de cosas: productos del caserío, artesanías, collares y pendientes traídos de países lejanos, calzado hecho a mano, ropas extravagantes, cuadros y adornos para la casa, etcétera. A menudo, también instalaba su puesto algún personaje peculiar para vender su mercancía.

Como aquel buhonero. Era de mediana estatura, tenía los ojos brillantes, la piel muy morena y una expresión muy viva. Vestía traje y corbata, aunque este le quedaba un poco grande y estaba pasado de moda.

—¡Señora, no se haga de rogar y acérquese sin dudar! ¡Anímese a asomarse a mi puesto, y, si no encuentra nada de su gusto, le regalo un cesto!

—Creo que nos ha visto y lo dice por nosotros. A estos embusteros no se les escapa una. Vámonos de aquí –dijo la madre de Rita alejándose con decisión y sin volver la vista atrás.

Rita, que iba de la mano de su padre, miró una última vez hacia el tenderete de aquel señor tan extraño. Entonces vio al vendedor sonreírle con picardía, enseñando un diente de oro grande y brillante plantado en medio de su dentadura. Rita sintió un escalofrío.

La familia siguió paseando y curioseando entre los diferentes tenderetes. Los padres de Rita compraron un jarrón de mimbre y dos crepes de chocolate que ella y Óscar, su hermano, se comieron en un santiamén.

—¡Mónica, eres tú! ¿Qué tal? —dijo una señora corpulenta a la madre de Rita—. Chica, estás igual que siempre.

—Ah, hola, Maribel. Qué sorpresa, tú también te conservas muy bien. ¿Qué tal...?

Pero Maribel no le dejó terminar la frase.

—¡Huyyyyyy, qué criaturas más guaaaaapas! –decía, mientras con cada una de las manos exprimía los mofletes de Rita y de Óscar–. Y qué salaooos. ¿Puede saberse cómo se llaman estas preciosidades?

—La niña se llama Rita, y el niño, Óscar –intervino Martín, el padre de Rita.

—Ah, ¿y son de la misma edad?

—Yo soy mayor –dijo Rita indignada.

—Sí, Rita es la mayor, tiene ocho años, y Óscar, cuatro. Él es más pequeño, pero ¡je, je!, come mucho y está muy grande; aunque Rita también, claro –añadió la madre de Rita, viendo la cara de enfado de su hija.

—Huy, pero es que son casi igual de altos. Tienes unos hijos muy guapos, Mónica. El niño es muy grande y la niña es… es pequeña… pero muy graciosa. ¡Huy!, lo siento, me tengo que ir, mi marido me está esperando en el puesto de especias.

Y diciendo esto y dando un último achuchón a Rita y a su hermano en los mofletes, Maribel desapareció entre la gente con la misma rapidez con la que había aparecido.

—Mamá, ¿por qué ha dicho tu amiga que soy pequeña?

—Rita, la amiga de mamá ha dicho que eres graciosa –intervino su padre acariciándole el pelo.

—No, esa señora gorda ha dicho que soy pequeña.

—Rita, hemos hablado de esto un montón de veces –le dijo su madre agachándose y mirándola a los ojos con expresión seria y tierna a la vez–. Eres un poco más bajita que los demás niños de tu edad, pero eso no debe preocuparte.

Regresaron a casa, y por la noche, en la cama, una vez más Martín le contó a su hija Rita el cuento de Hormiguita. Hormiguita era una niña que siempre estaba triste porque era muy bajita

y pensaba que nadie la quería. Hasta que un día
llovió a mares y el agua lo inundó todo. Hormiguita
se subió a un árbol y vio cómo todos los habitantes
del pueblo venían en balsas a rescatarla. Entonces
Hormiguita se dio cuenta de que las gentes del
pueblo la aceptaban y querían tal como era, y que
no debía preocuparse de si era baja, alta, flaca
o gorda.

Al día siguiente, después de desayunar, su
madre le leyó de nuevo el cuento de Hormiguita;
y su padre volvió a hacerlo después de comer,
mientras su madre y su hermano Óscar echaban
la siesta en el sofá. Y otra vez más por la noche,
al acostarse.

Empezó entonces una semana un poco
especial en el colegio donde estudiaba Rita. Había
llegado un profesor nuevo. Una mañana, después

de la clase de Informática y cuando regresaban a su aula, Rita se quedó un poco rezagada en el pasillo. Iba a entrar en su clase cuando escuchó una voz a su espalda:

—Hola, niña.

Era un chico joven el que la hablaba. "Es el profesor nuevo", pensó.

—Hola —contestó Rita.

—Me encuentro un poco perdido. ¿Podrías decirme dónde están las clases de quinto?

—Sí, están en el piso de arriba. Estas son las de tercero.

—Ah, vale, gracias. ¿Y qué haces tú aquí? –le preguntó sorprendido el joven profesor.

—Es que me he retrasado… –le respondió Rita un poco atropellada, ya que veía que la puerta de su clase se iba a cerrar de un momento a otro.

—Sí, pero ¿qué haces tú aquí?

—Esta es mi clase.

—Pero esta es una clase de tercero.

—Sí.

—Tú eres muy pequeñita aún, debes de ser de primero, ¿verdad? Ya sabes que los pequeños no pueden entrar en las clases de los mayores –le dijo entonces con tono cantarín el joven profesor.

—¡Yo soy mayor! –protestó Rita

—Claro que eres mayor, pero aún tienes que crecer un poquito para ir a tercero. Vamos, si quieres te acompaño a tu clase.

—Pero ¡si yo soy de tercero, esta es mi clase!
–insistió Rita, un poco enfadada.

En ese momento, la cabeza de la profesora
asomó por la puerta del aula.

—¿Ocurre algo? –preguntó al ver en el pasillo
al joven profesor y a Rita con cara de enfado.

—Nada importante, esta niña pequeña quería
entrar en su clase –le contestó el profesor.

—Pero ¡si yo soy mayor! –volvió a asegurar
Rita.

—Oh, esto es un malentendido. Es cierto,
Rita es de esta clase –dijo la profesora.

—¿Ah, sí? Lo siento –contestó el profesor
intentando disculparse ante Rita y sonrojándose
un poco–. Es que creía... Lo siento, me he
confundido…

Rita entró en clase refunfuñando. ¡El profesor nuevo la había confundido con una alumna de primero! Era como para estar muy enfadada.

Y eso no fue todo, el día aún albergaba sorpresas desagradables.

Ana, la profesora, había pensado dar la clase de Matemáticas de un modo diferente. Para repasar lecciones anteriores, organizó a todos los alumnos en una fila. Uno a uno contestarían diversas preguntas.

La fila se dispuso en función de la estatura, de mayor a menor altura. Rita ocupó el último lugar, pues era la más bajita de la clase. Aquel día Rita no dio una.

Después del recreo, en clase de Educación Física, el profesor había preparado varios ejercicios para realizar por parejas.

—Niños, buscad a alguien de vuestra estatura y colocaos por parejas. Pasaréis toda la clase con vuestro compañero. Ya veréis qué divertidos son los ejercicios que vamos a hacer hoy.

Al cabo de un rato todas las parejas estaban formadas. Pero como en la clase eran impares, a un lado quedó una niña sin pareja.

Esa niña era tan bajita que no había encontrado a nadie de su estatura entre sus compañeros.

Se trataba de Rita.

Rita pasó la clase haciendo los ejercicios con el profesor. Este no paraba de resoplar, ya que todo el rato se tenía que agachar para estar a su misma altura.

Por la tarde, en la hora de Conocimiento del Medio, el profesor dedicó la clase a hablar de los países más pequeños del mundo: Andorra, San Marino o las Islas Maldivas. Se trataba de unos países minúsculos, tan pequeños que casi no se veían en el mapa.

Por fin Rita regresó a casa después de aquel día tan duro. Merendó, hizo los deberes y luego vio un poco la tele mientras su madre leía una revista de moda. Entonces sonó el teléfono. Su madre fue a cogerlo y estuvo un buen rato hablando. Rita aprovechó ese momento para ojear la revista.

Le encantaban los reportajes en los que las modelos vestían trajes de colores y posaban ante castillos de países lejanos.

Al coger la revista echó un vistazo a la página que estaba leyendo su madre. En ella aparecía un reportaje titulado: "Cómo ser una mujer moderna y fantástica para triunfar. Un reportaje elaborado por nuestras superespecialistas".

Rita empezó a leer con atención:

Querida lectora: si quieres llegar a ser una mujer moderna y fantástica, no debes olvidar que la cuestión más importante es cuidar tu aspecto físico. Una imagen agradable es imprescindible para toda mujer que quiera tener éxito, amigos y un buen trabajo. Querida superamiga, sigue nuestros 10 superconsejos y tú también serás una triunfadora.

Su madre seguía hablando por teléfono, así que Rita continuó su lectura.

Consejo número uno:
Una mujer bajita, de poca estatura, no resulta agradable a la vista de los demás. Recuerda que las modelos y las mujeres de éxito son más bien altas. A continuación te presentamos unos ejercicios para estirar brazos y piernas que te ayudarán a crecer.

Rita no leyó más. Cerró la revista y se refugió en su cuarto.

Al ver que Rita no aparecía para cenar, su padre se acercó a su habitación:

—Vamos, peque, la cena está lista.

Pero la puerta del cuarto no se abrió. Solo se oyó un grito:

—¡Yo no soy pequeña!

—Claro que no, Rita. Venga, ven a cenar. Te estamos esperando.

La puerta se abrió y Rita se dirigió a la cocina con gesto de enfado.

Cuando se sentó a la mesa, su madre le preguntó:

—¿Qué te ocurre, Rita?

—Estoy harta de ser bajita. Quiero ser alta.

—Bien, pues para eso debes comerte el

pescado –le dijo su padre, sonriendo con cara de Lunni.

—Lo digo en serio. Quiero ir a un médico para que me haga crecer.

—Las personas han de ir al médico cuando están enfermas, y tú no lo estás –contestó su madre mientras le servía un poco de ensalada.

—Sí lo estoy, soy muy bajita.

—Eso no es una enfermedad –le respondió tranquilamente su madre.

—Sí que lo es. Y si cuando sea mayor sigo siendo bajita, nadie me querrá. Lo he leído en tu revista. Así no seré una triunfadora. Tenéis que ayudarme o estoy perdida –dijo entonces Rita preocupada. Mientras, su hermano se había comido toda la ensalada y ya estaba pidiendo más.

—No hagas caso de esa revista, Rita –comentó su madre dando un suspiro–. No todo lo que dice es cierto.

—Eso sí es cierto, lo dicen las expertas. Yo no quiero que nadie se ría de mí, ni estar sola, mamá. Yo quiero ser alta y que todos me quieran.

—Nosotros te queremos… –intentó decir su madre antes de que Rita la cortara.

—¡Pues ayudadme a ser alta!

—No, Rita. Estás equivocada.

—Acuérdate de Hormiguita. A ella le pasaba lo mismo: creía que no la querían porque era pequeñita, pero en realidad no era así –intervino su padre–. Luego, en la cama, leeremos de nuevo el cuento de Hormiguita.

—¡No, ya estoy harta de Hormiguita! –le interrumpió Rita–. Eso es un cuento, no es la realidad. Y, además, ¡a Hormiguita no la confundían con una niña de primero ni la llamaban pulga! Tengo que ir a un médico urgentemente.

—No vamos a ir a ningún médico, Rita —concluyó su madre, mirándola a los ojos—. Esto lo solucionaremos hablando.

—Pues yo no quiero hablar; yo quiero ser alta.

Y, tras decir esto, Rita bajó la vista hacia el plato y se concentró en comerse la ensalada, el pescado y el yogur, sin pronunciar una sola palabra más.

Luego dio un beso a sus padres y a su hermano, se cepilló los dientes y se fue a la cama cumpliendo su promesa: no había dicho ni una palabra.

Ya en la cama pensó: "Está claro que no puedo contar con ellos. Vale, pues buscaré ayuda en otro lugar". Y es que Rita había tomado una firme determinación: iba a ser alta.

Los días siguientes Rita rompió su promesa y volvió a hablar, y el tiempo transcurrió como de costumbre. Un miércoles al salir del colegio, se despidió de sus amigos y se dirigió al parque cercano a su casa. En concreto fue al pequeño estanque situado en el centro, protegido por unos grandes árboles. Allí vivían unas ranas muy ancianas.

Este es un lugar secreto, que solo los niños conocen. Allí van todos a hablar de sus problemas. Aquellas ranas son tan mayores como sabias, y siempre dan buenos consejos.

—Hola, ranas sabias —las saludó Rita.

—Croaaac, hola, Rita. Veo que de nuevo vienes a visitarnos —dijo una de la ranas.

—Sí, crrrrrrroaaaaac. Rita es la niña del barrio que más veces viene a pedir consejo –comentó otra de ellas.

—Esta vez vengo a pediros ayuda. Tengo un problema muy gordo: soy muy bajita y la gente me mira raro al pasar. Además, el otro día un profesor me confundió con una niña de primero, y hay uno en mi clase que me llama "pulga". Quiero que me ayudéis a ser alta.

—Croaaaaaaac –dijo la rana más parlanchina de todas–. ¿Estás segura de que la gente te mira raro al pasar?

—Yo creo que sí…, a veces pasa por mi lado y se ríe.

—Pero, cro-cro-crrroaaaaaac —dijo la rana más gorda, que a veces tartamudeaba un poco—. Tal vez se ríe de un chiste o de algo gracioso que recuerda en ese momento, Ri-Ri-Rita.

—No, la gente se ríe de mí porque soy bajita.

—¿Estás segura?

—Sí, estoy muy segura.

—Rita, croooooooooac —intervino entonces una rana delgada como el tallo de una planta—.
Te preocupas demasiado por tu aspecto físico.

—Es que tengo que hacerlo. Si no lo hago, nadie me querrá. Lo he leído en una revista de mayores.

—Croac —dijo un poco sorprendida la rana más bajita de todas—, eso no es cierto.

—Pero lo pone en la revista y lo han escrito unas expertas.

—Croac-croac —le contestó la rana—. Esas cosas no hay que tomárselas en serio. Los mayores lo saben.

—No, eso es verdad. Lo he leído. Yo no quiero ser pequeña y pasarme todo el día sola; yo quiero ser alta, tener éxito y que nadie me llame "pulga". Si sois sabias, me podríais decir un modo de conseguir ser alta.

Las ancianas ranas sabias del parque miraron
con tristeza a Rita que, una vez más, puso gesto
de enfado.

Entonces habló una rana que llevaba gafas
y que era la más anciana y la más sabia de todas:

—Crrrrrroac. Rita, no debes hacer caso
si alguien se ríe por tu estatura, ni pensar que
la gente te querrá más o menos por ello. El que se
burla lo hace seguramente porque querría tener
tantos amigos y amigas como tienes tú. Eres bajita
como otros son altos, morenos, grandes, lentos o
rápidos. No te preocupes por ello.

—¡Sí que me preocupo, yo quiero ser alta!
–dijo Rita enfadada.

—Nosotras no podemos ayudarte. No
podemos utilizar nuestros conocimientos para esta
cuestión. Tienes
que comprender
que… –pero Rita
la interrumpió.

—¡Yo no
quiero comprender,
yo quiero ser alta!
¡¡Y vosotras no
sois nada sabias!!
–dicho esto, Rita
dio media vuelta
y se alejó del lugar
enrabietada.

Estaba claro que se había tomado muy en serio lo de ser alta. A pesar de las palabras de sus padres y de los consejos de las ranas sabias, ella no abandonaba la idea.

Aquella misma tarde, mientras Rita intentaba concentrarse en el libro que estaba leyendo, vio un resplandor en una de las estanterías de su cuarto. Dejó el libro y levantó la cabeza para distinguir mejor de qué se trataba. Era una hucha con forma de figura china que le había regalado su tío Daniel. Se la había traído de uno de sus viajes, y en ese momento brillaba por el reflejo de la luz de la bombilla.

La figura emitía un brillo dorado y especial que le recordó algo… Pensó y pensó, buscando en su mente qué le evocaba aquel brillo…, y al final dio con ello.

"¡El diente del extraño vendedor del mercado! ¡Claro, el vendedor de pócimas! ¡Tal vez tenga una para hacer crecer a las personas!"

Rita creía haber encontrado la solución a lo que ella consideraba su gran problema. Entonces se puso a bailar de alegría dando vueltas y vueltas, pensando que todo brillaba a su alrededor y que la vida le mostraba la mejor de las sonrisas: una sonrisa grande y dorada.

Días después, el primer sábado del mes siguiente, amaneció un día claro y despejado. Rita apenas había podido dormir por culpa de los nervios. Cuando la despertó su padre, ya tenía pensado el plan para conseguir la pócima y crecer.

—Vaya, veo que hoy has cogido tu bolsito –le dijo su madre cuando iban a salir de casa.

—¡Esta niña es una coqueta! –comentó su padre.

—¿Rita es una croqueta? –preguntó Óscar.

—Nooo, co-que-ta. Eso significa que es un poco presumida y le gusta estar guapa –explicó Martín.

Al oír esto, Rita sonreía y pensaba: "Así es, y vais a ver lo guapa que voy a estar cuando sea alta. Ya veréis, ya veréis…".

Hacía una mañana espléndida. La temperatura
era muy agradable y un sol amable iluminaba las
calles, animando a la gente a salir de sus casas.
Muchos se dirigían al mercado, como Rita y su
familia. La niña estaba radiante. El buen tiempo
facilitaba su plan. Una vez en el centro de la ciudad,
empezaron a ver los primeros puestos del mercado.
Poco a poco se fueron internando en los estrechos
pasillos que quedaban entre los tenderetes. Rita iba
de la mano de su padre, y su hermano no soltaba
la de su madre.

Pasaron por la zona de los puestos de artesanía y luego por el lugar donde se instalaban los vendedores de ropa. Después se acercaron a los tenderetes de productos alimenticios, donde la madre de Rita compró mermelada de naranja.

Rita empezaba a ponerse nerviosa. Por mucho que lo buscaba con la mirada, no veía por ningún lado al vendedor de pócimas y su diente de oro.

—Mirad, ya hemos llegado al puesto de las crepes. ¿Queréis una? –preguntó su madre.

—Síííí, de chocolate –contestó Óscar.

—No, gracias, mamá. Hoy no tengo hambre –respondió Rita muy seria. Estaba preocupada. La vez anterior habían visto al vendedor antes de llegar al puesto de las crepes, y la familia de Rita siempre hacía el mismo recorrido por el mercado.

La niña intentó mantener la calma. Tal vez el extraño vendedor había cambiado de sitio.

Siguieron caminando entre la gente y se acercaron a varios puestos de artesanos, donde los zapateros vendían el calzado que ellos mismos fabricaban. Más tarde pasaron por la zona donde se vendían adornos para la casa.

Rita, agarrada a la mano de su padre, buscaba entre los puestos. Se sentía muy inquieta.

Estaban a punto de llegar al final del mercadillo y Rita seguía sin ver al buhonero. Parecía que la tierra se hubiera tragado a aquel señor y a sus pócimas.

Solo quedaban dos puestos por recorrer. Dos puestos más y el sueño de Rita se desvanecería. Estaría condenada a ser siempre pequeña y desgraciada.

Entonces lo oyó:

—Señoras y señores, aprovechen este buen día y dense una alegría. Pócimas mágicas con sabor a regaliz; pruébelas y será feliz.

Rita se soltó de la mano de su padre y se mezcló entre la gente siguiendo la voz del buhonero:

—Tenga el problema que tenga, estos jarabes son la solución. No pase de largo, pues aquí está su salvación.

—Hola –dijo Rita, plantándose de puntillas delante del puesto.

—Hola, niña –le respondió el vendedor con una amplia sonrisa–.Yo a ti ya te he visto alguna otra vez por aquí, ¿verdad?

Rita sintió un escalofrío cuando vio el diente de oro. Un escalofrío que se convirtió en temblor al escuchar las últimas palabras, mientras el vendedor la taladraba con la mirada.

—¿Tiene una pócima para ser más alta?

—Tengo elixires de todas las clases. Solucionarán lo que sea que te ocurra.

—Ya... pero ¿tiene uno para ser alta?

—Claro, niñita. Si lo compras y lo pruebas, dejarás de ser pequeñita –dijo el extraño vendedor, tomando uno de los frascos que tenía sobre una mesa–. Pero cuesta diez euros.

—Tome –dijo Rita y sacó con rapidez de su bolsito varias monedas. No quería que sus padres la vieran comprando la pócima mágica.

—Oh, vaya, vaya con la señorita.

—He roto la hucha. Si tomo ese jarabe seré grande, ¿verdad?

—Mis elixires nunca fallan –le respondió el hombre mientras envolvía el frasco en una bolsa de papel–. Con tan solo una pequeña dosis crecerás y dejarás de ser bajita. Con una cucharadita es suficiente.

Rita pagó al vendedor, que no paraba de mirarla con su sonrisa pícara e intensa, y metió el jarabe en el bolsito. Cuando ya se daba la vuelta para marcharse, el vendedor llamó su atención:

—Recuerda, niña: no tomes más de una cucharadita.

Rita tenía prisa y, agarrando con fuerza su bolso, se alejó sin mirar atrás. Aquel vendedor le daba miedo.

Tras recorrer unos pocos pasos se encontró con su padre. Con expresión angustiada, este la buscaba entre la muchedumbre que se concentraba en aquel lugar del mercado. Cuando por fin la encontró, no le soltó la mano hasta que llegaron de nuevo a la salida, donde los esperaban su madre y su hermano.

—¿Dónde te habías metido, Rita? Estábamos muy preocupados.

—Perdón, perdón. Es que he visto a mi amiga Miren paseando con sus padres y me he acercado a saludarla. Después me he perdido…

—Podías habernos dicho que Miren estaba por ahí. Habríamos ido contigo. Nos has dado un buen susto –recalcó su padre algo enfadado; y luego, con expresión seria se acercó aún más a ella–: Recuerda que cuando hay mucha gente no debes soltarte de la mano. Te puedes perder. Hemos pasado un mal rato.

—Sí, papá, perdona, no lo volveré a hacer –le contestó Rita poniéndole una carita mimosa.

—Está bien, ya está todo solucionado –dijo su madre alegremente–. Venga, vamos al parque.

—Sííí, al parque. ¡A los columpios! –contestó Óscar dando saltitos.

Toda la familia fue al parque y jugaron en los columpios. Luego, aprovechando el buen día, regresaron a casa por el paseo de las acacias. En todo momento Rita llevó bien agarrado su bolsito.

Después de comer, se encerró en su cuarto con la excusa de que quería leer un libro con tranquilidad.

Entonces, en la soledad y el silencio de su habitación, abrió el bolsito y sacó el paquete. Lo desenvolvió y sostuvo en sus manos el frasco con la pócima mágica. Por fin sería alta. El líquido que

contenía el recipiente era ligero y algo amarillento.
Brilló con un resplandor siniestro al sol de la tarde
que se filtraba por la ventana. Del mismo modo que
había brillado el diente de oro del vendedor; un
brillo muy distinto al de la hucha con forma
de escultura china que ahora estaba vacía.

Rita tomó una cuchara.

"El vendedor ha dicho que una cucharadita
bastaría, pero seguramente eso será para los casos
normales; lo mío es una emergencia" –pensó Rita,
que había cogido de la cocina una cuchara sopera.

Con mucho cuidado, llenó una cucharada
de elixir y se lo tomó.

"Vaya, qué rico, tenía razón el vendedor: sabe
a regaliz. Lo mejor será que me tome otra cucharada
más. Si hay un caso realmente urgente, ese es el mío"
–pensó.

Después de tomar la segunda cucharada
escondió la pócima detrás de sus libros y se sentó en
la cama a esperar. Esperó y esperó, pero su cuerpo
no cambiaba. No crecía.

Aquella tarde fueron a visitar a sus tíos, y mientras caminaba por la calle, subía al ascensor y hablaba con su familia, Rita no dejaba de mirarse las piernas.

—¿Le ha ocurrido algo a Rita en las piernas? –preguntó el tío Ángel.

—¿Se ha dado algún golpe? –quiso saber la tía Virginia.

—Ella dice que no. Se tratará de algún juego; Rita tiene mucha imaginación y la verdad es que a veces se inventa juegos muy raros –respondió su padre con resignación.

Por la noche, después de que sus padres le hubieran dado las buenas noches, Rita salió de la cama y tomó otras dos cucharadas de la pócima.

"Tal vez, al haber estado mucho tiempo en contacto con la luz, el elixir ha perdido fuerza y por eso no me hace efecto. Será mejor que tome una nueva dosis. No hay un caso más urgente que el mío" –pensó.

Y así se quedó dormida, con un sabor a regaliz en la boca.

Al despertarse, lo primero que hizo Rita fue mirarse las piernas.

—Huy, no sé, parece que siguen igual.

Se levantó de un salto y se acercó a la puerta. En el marco, su padre había señalado con lápiz la altura de Rita y de su hermano. Y allí se veía cómo las marcas que indicaban la estatura de Óscar se habían ido modificando, subiendo poco a poco; y cómo la marca que mostraba la altura de Rita apenas había cambiado.

Comprobó sorprendida que su altura se correspondía con la señal que estaba en el marco junto a la letra "R" de Rita. No había crecido ni un centímetro.

—Mi caso no es una emergencia; mi caso es crítico, urgentísimo y *milimétrico*. Será mejor que me tome otras dos cucharadas del elixir –dijo Rita, acompañando el gesto a la palabra.

Antes de comer se tomó otras dos cucharadas. Y antes de merendar, también. E hizo lo mismo un poco después, ya que le gustaba el sabor a regaliz.

Como se había acostumbrado, casi sin darse cuenta se tomó tres cucharadas antes de la cena y otras tantas en el momento de acostarse. Y como vio que ya quedaba muy poco de la pócima, decidió apurar el contenido para así vaciar el recipiente y poder tirarlo a la basura. Era un engorro guardarlo.

Aquella noche Rita se durmió con un sueño profundo, muy profundo.

Al día siguiente, cuando su madre la despertó, Rita sintió frío en los pies. Miró y se dio cuenta de que los tenía fuera del edredón. Intentó tapárselos, pero para ello tuvo que encogerse en una postura incómoda.

Se levantó de la cama con una extraña sensación, que desapareció en cuanto se dio cuenta de que las mangas del pijama le llegaban al antebrazo y las perneras apenas le cubrían las rodillas.

Rita se acercó a las marcas de la puerta y comprobó que… ¡había crecido!

—¡Mamáááááááááá!

—¿Qué ocurre, Rita? –le dijo su madre, asomando la cabeza por la puerta–. El desayuno está listo, vamos, vístete o llegarás tarde al colegio.

—Mamá, mira –le dijo Rita señalando las mangas y las piernas del pijama.

—¿Qué... qué ha ocurrido…, has cortado el pijama?

—No, es que he crecido. Mira, mira —dijo Rita colocándose junto a las marcas de la puerta con cara de triunfo.

Su madre se quedó mirando con una expresión pensativa que delataba cierta inquietud.

"Vaya, cuando oía que los niños daban un estirón no pensaba que fuera esto, la verdad."

—¡Soy alta! ¡Soy alta! —cantaba Rita mientras daba vueltas por la habitación dando saltos.

—Vamos, a desayunar –le dijo su madre sin abandonar aquel gesto de preocupación.

—¿No me visto antes?

—No, luego.

—Soy alta, soy alta –no paraba de decir Rita mientras desayunaba.

Su hermano Óscar la miraba sonriente. Contagiado por la alegría, repetía:

—Rita es alta, Rita es alta.

Cuando, después de desayunar, fue a su cuarto a vestirse acompañada de su madre, Rita reparó en su preocupación.

—Vamos a ver ahora qué es lo que te puedes poner –le dijo–. Tu ropa te estará pequeña, pero la mía aún es grande.

Tenía razón. Aunque buscaron y rebuscaron, y Rita se puso el jersey, los pantalones y el abrigo más grandes que tenía, la ropa le quedaba pequeña. Al menos los pies no le habían crecido mucho y pudo calzarse los zapatos sin problema.

Y vestida de esa guisa fue a la parada del autobús con su hermano y su madre para ir al colegio. Pese al detalle de la ropa, Rita estaba muy contenta. Cuando alguna señora se la quedaba mirando por su extraña forma de vestir, Rita pensaba que la miraban porque era una niña de ocho años con una estatura perfecta para su edad.

Además, su madre le había prometido que por la tarde irían a comprarle ropa nueva. Pero

sobre todo, Rita tenía ganas de llegar al colegio para ver qué cara ponía Andrés. Estaba segura de que se quedaría sorprendido. Nunca más volvería a llamarla "pulga".

Rita creía que todos en su clase iban a darse cuenta de su estatura; pero ninguno de sus compañeros se percató de que era doce centímetros más alta. Solo escuchó algunas risitas. "Están sorprendidos de verme tan alta como ellos y les cuesta reaccionar" –pensó Rita, ocupando su pupitre.

A la hora del recreo, se dirigió al rincón donde habitualmente se juntaba con sus amigas. Allí estaban Miren, Berta y Sonia.

—¡Hola, chicas!

—Hola, Rita –respondieron sus amigas.

—¿Te ocurre algo? —le preguntó Berta.

—Es por Andrés, no para de reírse de mí. Hoy se ha metido con mi ropa.

—No le hagas caso, Andrés se burla de todo el mundo. Es un tonto —le dijo Miren.

—Ya, pero es que antes se metía conmigo porque era bajita; y ahora, como no puede hacerlo…, ¿no notáis algo diferente en mí? —preguntó Rita con gesto coqueto.

—La ropa que llevas te está un poco pequeña, ¿no? —dijo Sonia

—¿Te has puesto tacones..? —preguntó con timidez Miren.

—No, no llevo tacones. ¡He crecido! Ya soy tan alta como vosotras —dijo eufórica Rita—. Por fin soy como los demás niños de mi edad. Nadie podrá decir que soy bajita o diferente, y todo el mundo querrá ser mi amigo.

—Nosotras siempre hemos querido ser tus amigas –respondió Berta con cara de extrañeza.

—Pero ahora es diferente. Ahora, al tener la misma estatura que vosotras, ya somos más iguales y más amigas. Así no os avergonzaréis de mí porque soy pequeña.

—A nosotras nos da igual que seas bajita –le dijo Miren con cara de sorpresa.

—Pues a mí no. No es bueno ser bajita –respondió Rita.

—¿Por qué? –quiso saber Sonia.

—Pues porque no. Y porque a veces te confunden con los de primero; o te llaman pequeñita y graciosa. Además, he leído en una revista de mi madre que para tener amigos y un trabajo bonito hay que ser alta.

—Pues a mí me gustaría ser bajita –concluyó Berta.

En ese momento sonó la sirena y todos los niños regresaron a sus clases.

El día transcurrió como de costumbre. Por la tarde, Rita fue con sus padres a comprar ropa nueva al centro de la ciudad.

De noche, en la cama, Rita repasaba mentalmente lo ocurrido en su primer día de niña con estatura normal para su edad. Estaba algo decepcionada. Pensaba que ahora todo iba a ser maravilloso, como en una película; pero el día no había sido diferente de los demás. Le había defraudado sobre todo la actitud de sus amigas; no les había importado que ahora fuera más alta. La trataban igual que antes, cuando ella había procurado por todos los medios crecer para agradar a los demás.

"El primer día como una niña alta no ha sido muy brillante." Y mientras pensaba esto, Rita se durmió profundamente.

Por la mañana, al despertarse, volvió a sentir frío. Se incorporó y comprobó que sus pies sobresalían de la cama, y vio que el pijama que le había comprado su madre el día anterior le quedaba… ¡pequeño!

—¡Mamáá! –exclamó Rita.

Cuando su madre entró en la habitación, no pudo evitar dar un grito:

—Pero ¿qué ha ocurrido...?

—Mami, he vuelto a crecer –dijo Rita con una cara tan sorprendida como la de su madre.

Una vez más la ropa le quedaba pequeña. De nuevo desayunaron mientras Óscar no paraba de cantar:

—¡Rita es alta, Rita es alta!

Ahora Rita era veinte centímetros más alta que el día anterior. Esa altura era superior a lo normal en niños de su edad. Y su madre estaba realmente preocupada.

Pero cuando llegó a la parada del autobús y luego al colegio, nadie la miraba con admiración. Tampoco le dijo nadie que fuera alta y guapa.

Antes de salir al recreo, Roberto, su tutor, se quedó a solas con ella y le preguntó:

—Rita, ¿va todo bien?

—Sí, claro, todo va estupendamente.

—Es que no es muy normal que los niños de tu edad crezcan tan de sopetón...

—Ah, es eso, profe. ¿Lo dice porque ahora soy alta y guapa? No se preocupe, lo que ha ocurrido es que de repente he recuperado mi estatura normal.

—Eso ya lo veo, pero es que eso no es muy normal precisamente. ¿Has hecho algo raro en estos últimos días?

—No... –mintió Rita.

—De acuerdo. Di a tus padres que me

gustaría hablar con ellos. Ahora baja al patio
y diviértete.

Cuando Rita iba por las escaleras camino del
patio, se le ocurrió una gran idea, tan grande como
ella. Ahora que había crecido iría a buscar a Andrés
y le haría lo mismo que él le había estado haciendo:
le llamaría "pulga" delante de sus amigos, para que
se sintiera tan fastidiado como ella se había sentido.

Pero en el momento en que Rita tomaba
aliento para burlarse de Andrés, este se adelantó y,
señalándola, dijo riéndose:

—Eh, mirad, aquí viene Rita la "jirafa".

Todos los niños y niñas que estaban alrededor
se echaron a reír, y Rita se quedó con la palabra, o
mejor dicho, con la burla en la boca.

—No les hagas caso, Rita –le aconsejó Nerea
al ver su cara triste. Nerea era la niña más alta
de su clase.

—Pero es que me ha llamado "jirafa".

—Como a mí –le respondió Nerea.

—Sí, pero es que a ti siempre te hemos
llamado así.

—¿Y crees que a mí no me fastidia cuando
lo hacéis?

Nerea siguió corriendo y Rita se quedó parada.
Tenía la expresión más triste que se recuerda en el
patio de aquel colegio. Ahora que era alta, se daba
cuenta de que también podían meterse con ella
por exceso de altura, como ella misma había hecho
con Nerea. A ella también le dolían esas burlas.

Las cosas no estaban saliendo tal y como había planeado. Era alta, pero no veía la admiración de los demás por ningún sitio, ni se sentía más querida. Sencillamente, era más alta, y también, la verdad sea dicha, menos alegre.

Rita pasó el recreo con sus amigas, y veía cómo algunos profesores la miraban con curiosidad, sobre todo los profesores de Ciencias. Igual que los dependientes de las tiendas al ver que Rita y sus padres volvían para comprar ropa varias tallas más grandes que el día anterior.

Curiosidad y extrañeza: eso era lo que Rita veía reflejado en el rostro de cuantos la miraban; pero de admiración, nada de nada.

Cuando regresaron a casa y antes de cenar, sus padres se quedaron a solas con Rita en su cuarto y, con expresión muy seria, le preguntaron:

—Rita, cariño, ¿sabes qué te está ocurriendo? –le preguntó su padre.

—Que estoy haciéndome alta.

—Sí, pero es muy extraño. ¿No te duele nada? –intervino su madre tomándole la mano.

—No.

Entonces su padre le preguntó preocupado:

—¿Has tomado algo que te haya podido sentar mal?

Y Rita volvió a mentir:

—No, papá.

—Está bien, vamos a cenar –dijo su madre saliendo de la habitación.

Esa noche Rita durmió en la cama del cuarto de invitados. Era mucho más grande que la suya. Cuando estaba acostada oyó a sus padres, que hablaban de su extraño crecimiento. Entonces creyó oír la palabra "médico". Rita intentó prestar más atención a la conversación, pero le fue imposible. Un sueño pesado se apoderó de ella y se quedó profundamente dormida.

El nuevo día no fue diferente de los anteriores. Rita había vuelto a crecer durante la noche: de golpe cincuenta centímetros.

¡Ya medía casi dos metros! Al verla, su madre se asustó mucho, aunque mantuvo la calma. Y, sobre todo, hizo muchos mimos a Rita para que no se preocupara.

Rita casi no cabía por las puertas de la casa, y le costó sentarse en la silla de la cocina para desayunar.

Sin embargo, Óscar seguía cantando alegremente como cada mañana. Esta vez cambió la letra de su canción:

—¡Rita es gigante, Rita es gigante!

Al igual que su madre, Rita también estaba preocupada. Ahora era alta, muy alta, y aquello no le gustaba.

—Rita, no te preocupes. Hoy no vas a clase. Vamos a ir al médico –le dijo su madre. Y tras llevar a Óscar a la parada del autobús, realizó varias llamadas.

Mientras su madre hablaba por teléfono, Rita, sentada en el sofá, vio el número mensual de la revista de moda que solía leer su madre y empezó a hojearla. El artículo central de la revista decía:

"Las actrices bajitas triunfan en Hollywood. Las ventajas de ser bajita".

Querida amiga, hoy día las supernuevas tendencias marcan que ser de pequeña estatura está de moda…

Rita no leyó más. Bueno, sí. En la parte inferior del artículo ponía que las autoras eran varias expertas en moda y estética.

Entonces Rita miró su cuerpo largo y grande y se dio cuenta de que sus padres tenían razón; y las ranas sabias del parque también, así como sus

amigas y su tutor. Y, por supuesto, tenía razón
Nerea, la niña a la que toda la clase llamaba "jirafa".

—¡Quiero ser bajita! –gritó Rita.

Su padre llegó a casa en ese momento
y tuvo que hacer esfuerzos para no mostrar su
sorpresa cuando vio el tamaño de Rita. Le dio un
abrazo y muchos besos, y no sin dificultad la ayudó
a levantarse del sofá y a entrar en el ascensor.
También tuvieron problemas para instalar a Rita
en el coche, pero al final consiguieron acomodarse
todos y así se dirigieron a la clínica más importante
de la ciudad.

Cuando llegaron los recibió el doctor Mendizábal, un médico de gran prestigio que en sus ratos libres tocaba el violín.

Tras exponerle lo sucedido, el doctor Mendizábal miró fijamente a Rita con su mirada profunda de violinista y le preguntó:

—¿Seguro que no has tomado nada… especial?

Era la tercera vez que se lo preguntaban y, esta vez, Rita dijo la verdad:

—Sí, tomé una pócima mágica para crecer que vendía un señor raro en el mercadillo. Abrí la hucha china que me regaló el tío Daniel y con el dinero compré el elixir.

Rita contó todo, tal y como había sucedido, al doctor y a sus padres. Estos escucharon su relato con la boca abierta. Lo único que Rita no contó fue la conversación con las ranas sabias del parque. Su existencia era un secreto de los niños del barrio.

Pasaron todo el día en la clínica haciendo pruebas a Rita y, por la noche, regresaron a casa.

Rita no quería quedarse dormida para que aquel sueño tan profundo no la atrapase, pero su madre insistió en que debía descansar. En cuanto se quedó sola en el cuarto, a Rita se le empezó a nublar la vista, y una vez más cayó presa de un sueño profundo y arrebatador.

Al día siguiente Rita ya medía dos metros y medio. Tenía que agacharse para pasar por las puertas de casa y ya no podía sentarse en las sillas.

Óscar ya no cantaba durante el desayuno. Al ver a su hermana aquella mañana se asustó mucho.

Las manos de Rita habían crecido también, así como los pies, y hasta su apetito.

—¡Papá, mamá!, ¡yo quiero volver a ser como antes, yo quiero ser bajita!

—Lo sabemos —le decía su padre, que había dejado de ir al trabajo para estar con ella, y, subido en una banqueta, le acariciaba la cara—. El Ayuntamiento está intentando localizar al hombre al que compraste la pócima. Seguro que lo encuentran en un periquete y todo esto se soluciona.

—Además, seguro que el doctor Mendizábal da con un remedio.

Pero el doctor Mendizábal no encontraba la causa de aquel crecimiento tan extraño y repentino.

Aquel día su madre tuvo que cortar las cortinas del salón para hacerle un vestido a Rita.

Y la niña no fue al colegio; sus padres decidieron que se quedaría en casa estudiando con ellos hasta que todo se solucionara.

Pero, en sus manos, los libros del colegio eran muy pequeñitos, y solo con mucho esfuerzo lograba escribir con sus lápices, que ahora se perdían entre sus enormes dedos.

Pasaron dos días y Rita no dejaba de crecer. Sus padres se pasaban todo el tiempo ayudándola y llamando por teléfono a un lado y a otro para que Rita recuperara su estatura.

Varios concejales del Ayuntamiento les prestaron su ayuda; incluso uno de ellos hizo varios

viajes recorriendo pueblos y ciudades donde se celebraban ferias en busca del extraño personaje del mercadillo.

También llamaron a muchos médicos, a especialistas de todo el mundo en crecimiento súbito.

Incluso llamaron al tío Daniel…

Pero todo fue en vano. El vendedor de pócimas había desaparecido y los médicos no encontraban explicación a lo ocurrido. Por su parte, el tío Daniel se había adentrado en lo más profundo de la selva amazónica y su teléfono no tenía cobertura.

Sus padres se habían llevado a Óscar con la tía Virginia y el tío Ángel, que vivían en un pueblo cercano.

Pero Rita no estaba sola. Sus amigas no se olvidaban de ella y, después del colegio, pasaban por su casa para estar un rato juntas.

Un día Rita recibió una visita que la sorprendió y le agradó mucho. Nerea, la "jirafa", fue con su madre para saludarla, contarle lo que habían hecho aquel día en clase y ayudarla a hacer los deberes.

También Roberto, su tutor, iba cada dos días para explicarle las lecciones y para que no perdiera el ritmo de la clase.

Estas visitas animaban a Rita, que casi no cabía en el sofá y tenía que estar todo el día agachada. Ya medía casi cuatro metros.

Como Rita seguía creciendo, el alcalde decidió ceder un gimnasio para que ella y su familia se instalaran allí.

Una tarde fueron varios operarios a su casa para echarles una mano con el traslado, sobre todo a Rita, que no podía salir de casa sin ayuda. Fuera la esperaba un gran camión acompañado de varios coches de policía con las luces de emergencia. Iban a llevarla a su nueva casa.

Las personas que en ese momento pasaban por la calle se quedaban sorprendidas al ver la extraña comitiva. Por encima de todo destacaba aquel ser enorme sentado en la parte trasera del camión.

Algunos pensaban que se trataba de un circo que se iba a instalar en la ciudad; otros, de un espectáculo que el Ayuntamiento había preparado para celebrar la llegada de la primavera. Los niños corrían detrás del transporte riendo y gritando y llamando a Rita:

—¡¡Gi-gan-te, Gi-gan-te!!

Los padres de Rita no soltaban su mano ni dejaban de acariciarla mientras ocurría todo esto, pero ni eso ni los saludos de sus amigas que la animaban desde el parque lograban consolar a Rita. Sentada en el camión, tenía una cara tan triste que

hasta las golondrinas que volaban alrededor de su cabeza lloraban de pena.

Toda la familia se instaló en el gimnasio, y allí, con la ayuda de los operarios del Ayuntamiento, crearon un lugar cómodo para vivir mientras los padres de Rita no paraban de buscar médicos, curanderos y brujos.

Pero Rita seguía creciendo. Cada día necesitaba más comida para alimentarse. Desayunaba dos barriles de leche que pronto pasaron a ser tres, y varias galletas gigantes que hacían para ella en un horno especial.

Las tortillas que comía eran de quince huevos, y engullía los grandes atunes que traían para ella del puerto como si fueran anchoillas.

Llegó a medir ocho metros. Ya no podía leer: los libros eran miniaturas entre sus manos.

Roberto, su tutor, seguía visitándola para explicarle las lecciones. Por las noches, su padre le contaba cuentos. Como pronto alcanzó los catorce metros de altura, tanto su padre como Roberto tuvieron que empezar a usar un equipo de sonido para que pudiera oírlos bien.

Un sastre acudía todos los días al gimnasio para ampliar con unas grandes telas el vestido de Rita.

Sus padres tenían que subir todas las noches a una escalera de bomberos para poder darle en la

mejilla el beso de buenas noches. Y, lo que era peor, todos veían cómo poco a poco el gimnasio se iba quedando pequeño para la niña.

Una tarde los padres de Rita recibieron una llamada urgente. Un médico decía conocer un remedio para el caso. Esa misma noche acudieron a visitar al doctor.

Aquel día Rita se quedó sin beso de buenas noches, sumida en una tristeza profunda, casi tanto como el sueño, que una vez más empezó a apoderarse de ella.

Algo la despertó al amanecer; había crecido más de un metro y había roto con la cabeza el techo del gimnasio, que ya se le había quedado pequeño.

Con la cabeza asomada a través del techo, Rita vio la calle y el parque, vio las casas con sus luces apagadas. A esas horas los niños estarían durmiendo. Y entonces Rita echó de menos su vida cotidiana, cuando era una niña normal, un poco más baja de estatura, pero una niña que vivía en casa con su hermanito y sus padres, iba al colegio y tenía amigos.

Rita recordaba con nostalgia su vida anterior, y cómo, cuando los niños tenían un problema, acudían a consultar a las ranas sabias del parque. Pensó salir del gimnasio e ir a pedirles de nuevo consejo, pero se imaginó que las ranas no querrían escucharla. La última vez que había ido a visitarlas no les había hecho caso.

En lugar de eso, Rita se levantó y salió a andar por las calles sin rumbo fijo, balanceando su gran cuerpo entre los edificios.

Al doblar una esquina, su mirada se encontró con la de un hombre que estaba en el balcón del quinto piso de un edificio.

El señor soltó un grito espantoso:

—¡¡Un giganteee!!

Su mujer, que estaba en la cocina, dio un respingo. Estaba a punto de reñirlo por el escándalo armado, cuando vio también a Rita y dejó escapar un chillido aterrador:

—¡¡Socorrrooooooooo, un monstruo!!

Una tras otra, se encendieron las luces en los edificios. Las cabezas se asomaban y acto seguido se oían gritos de miedo y llantos de niños. Todos se asustaban al verla. La gente salía a la calle y subía a las azoteas. Rita veía los coches y las personas

como si fueran hormigas, moviéndose de un lado a otro e intentando rodearla.

—No se asusten, soy Rita –decía con impotencia.

Pero la gente no quería escucharla; cerraba las ventanas y bajaba las persianas sin parar de gritar:

—¡Vete de aquí, monstruo!

Y los niños suplicaban:

—¡No nos comas!

—Por favor, no tengáis miedo. No soy mala. No os voy a hacer daño –insistía Rita.

La niña se dio cuenta de que siendo una gigante nadie la escucharía y ya nadie la querría.

Pronto comenzaron a oírse sirenas. Rita se puso nerviosa y miró a todos lados. Alguien gritó desde una azotea:

—¡La gigante quiere huir!

—¡Que no escape! –gritó una persona desde otro lado.

—¡Hay que atraparla! –vociferó otra.

Rita decidió huir de esas calles cuanto antes. En cuatro zancadas había cruzado el barrio.

Pasó por el parque y de un salto atravesó el estanque. Luego cruzó el centro de la ciudad, corriendo sin parar y sin volver la vista atrás.

No le costó nada llegar a las montañas, y de un paso dejó atrás el monte más alto de la comarca.

Por fin, cuando estuvo a salvo, lejos de la ciudad y de la gente, se sentó a descansar.

Rita se sentía muy desgraciada.

—Nadie me quiere ni me querrá nunca, soy horrible –decía entre sollozos mientras una lágrima resbalaba por su mejilla y caía al suelo formando un pequeño estanque de agua salada.

—Crrr –oyó decir.

—Hasta los grillos piensan que soy horrible.

—Crrrrrrrrrro —volvió a oír.

—¿Los grillos hacen crooo…? —se preguntó Rita, secándose las lágrimas.

—Crrrrrrroacccc, Rita. Por favor, sácame de aquí —dijo una voz que provenía de un bolsillo de su vestido.

Rita abrió con cuidado el bolsillo y dejó que una rana se posara en uno de sus dedos.

—¡Eres una de las ranas sabias del parque!

—Crrrrrrroac, claro que sí, crooooac. Soy una rana sabia, no la más sabia, pero una rana sabia, al fin y al crrrrrrrrroabo.

—Pero ¿cómo has llegado hasta aquí? —preguntó Rita contenta de tener a alguien con quien hablar.

—Escondida en tu bolsillo. Salté dentro cuando pasabas por el parque. Sabemos lo que te ha ocurrido, Rita… He venido a ayudarte en nombre de todas las ranas sabias.

—¿Todavía queréis ayudarme? Pero si yo no os quise hacer caso. ¡Os dije que no erais sabias y que ya no erais mis amigas!

—Lo sabemos, Rita.

—Me porté como una tonta y ahora he tenido mi merecido.

—Eso también lo sabemos, Rita. Pero no has de avergonzarte por equivocarte y por pedir perdón.

—Ya, pero yo pensaba que vosotras no ibais a perdonarme.

—Nosotras somos tus amigas, Rita, y los buenos amigos se perdonan. Tú también eres una buena amiga, como el resto de los niños, ya que nunca habéis revelado nuestro secreto. Tienes que aprender a confiar más en ti misma y en la gente.

—Tienes razón, pero… ahora la gente quiere atraparme y los niños lloran cuando me ven. Para ellos soy un monstruo.

—Ya lo sé. Pero hay una solución.

—¿De verdad?

—Sí. Toma, trágate este guisante, Rita.

—¿Es mágico?

—Algo así –dijo la rana–. Hace mucho tiempo los guisantes eran del tamaño de los tomates, pero un día desafiaron al rey de las verduras, pues querían ser grandes como las coliflores. Entonces, el rey de las verduras se enojó mucho con ellos y los condenó de por vida a ser pequeños. Cómetelo, Rita.

Rita se comió el guisante y casi al instante notó que un profundo sueño se apoderaba de ella.

Cuando despertó, Rita sintió frío. El rocío de la mañana había mojado sus piececitos y notaba las cosquillas que le hacía la hierba en la cara. Había recobrado su estatura normal.

La rana ya no estaba allí, había desaparecido.

Pronto escuchó el ruido de las sirenas de policía que estaban buscando a una gigante. Los agentes la interrogaron, pero ella les aseguró que por allí no había ninguna gigante y les pidió que la llevaran de regreso a casa.

Cuando volvió a la ciudad pudo abrazar a sus padres y agradecer a todos la ayuda que le habían prestado. Y también pudo abrazar a su hermano Óscar, que era casi tan alto como ella, e ir al colegio y vivir como lo que era: una niña bajita. Pero eso a Rita ya no le importaba.

Mikel Valverde

Rita tenista

Rita tenista

Convertirse en una estrella de la música es importante para Rita. Cuando pruebe suerte como tenista y tenga éxito, se dará cuenta de que la fama tiene un lado duro que no esperaba.

Rita y los ladrones de tumbas

Una aventura en el desierto en busca de tesoros escondidos. ¿Podrá Rita ayudar esta vez a su tío Daniel y burlar a los salteadores de tumbas?

Mikel Valverde

Rita y los ladrones de tumbas

Mikel Valverde

Rita en el Polo

Rita en el Polo

El tío Daniel forma parte de una expedición científica atrapada entre los hielos del Polo Norte. Rita intentará ir al rescate en compañía de sus amigos del pueblo inuit y de un pingüino muy especial.

¡No te pierdas mis aventuras!